COLLECTION

DE M. VAN DER HELLE DE PELDEKERCHOF

OBJETS D'ART

ET DE CURIOSITÉ

IVOIRES, ÉMAUX

FAÏENCES & PORCELAINES

VENTE

le Lundi 1er Juin 1868 et jours suivants

Me Emile DRION Commissaire-Priseur

CATALOGUE

DE LA

RICHE COLLECTION

D'OBJETS D'ART, IVOIRES, ÉMAUX

FAIENCES ET PORCELAINES ANCIENNES

MEUBLES RICHES

Armes, Vitraux, Bijoux et Miniatures

DE

M. VAN DER HELLE de Perdekerchof

Décédé Propriétaire à Lille

Dont la vente, aux enchères publiques, aura lieu à Lille, au domicile du défunt, rue d'Angleterre, 9, le LUNDI 1er JUIN 1868, et jours suivants, de une heure à cinq heures de relevée

---

Par le ministère de Me **Émile DRION**

Commissaire-Priseur à Lille, y demeurant rue Doudin, 9

Une exposition aura lieu les 30 et 31 Mai, de deux à cinq heures du soir, pour les personnes munies du présent catalogue.

Prix du Catalogue : 1 franc

ORDRE DES VACATIONS

Lundi 1er juin, de une heure à cinq heures.

Série des	Faïences et Poteries	du Nº	1	au Nº	23
Id.	Porcelaines de Chine et du Japon. .	Id.	113	Id.	130
Id.	Porcelaines diverses	Id.	203	Id.	209
Id.	Grès	Id.	232	Id.	239
Id.	Porcelaines de Saxe et de Sèvres. .	Id.	271	Id.	278
Id.	Groupes et Statuettes.	Id.	310	Id.	315
Id.	Ivoires et Émaux.	Id.	339	Id.	356
Id.	Vitraux.	Id.	447	Id.	453
Id.	Miniatures et Bijoux.	Id.	481	Id.	501
Id.	Verres de Venise, etc.	Id.	700	Id.	716

LA VENTE SE CONTINUERA LES

Mardi	2 Juin,	de une heure à	cinq heures.
Mercredi	3 Juin,	id.	id.
Jeudi	4 Juin,	id.	id.
Vendredi	5 Juin,	id.	id.

Chaque vacation comprendra environ 130 numéros, pris, *toujours en suivant*, dans la proportion du cinquième des numéros composant chaque série.

La vacation du Samedi 6 Juin, comprendra : les Meubles et Coffrets, les Tableaux, Gravures et Dessins, les Bois sculptés et Objets divers, Encoignures, Bibliothèques en chêne et en acajou.

A l'ouverture de chaque vacation il sera vendu quantité d'objets divers, que le temps n'a pas permis de cataloguer

La collection d'Objets d'art de M. Van Der Helle *est si connue et si justement estimée qu'il serait inutile d'en faire ici l'éloge.*

Le nombre et la variété des objets qui la composent exigeaient, pour en dresser un catalogue digne d'elle, des connaissances presque universelles.

C'est pourquoi, en l'absence de notes laissées par M. Van Der Helle, *et dans l'impossibilité où l'on s'est trouvé de s'assurer le concours d'un des plus savants experts de Paris, on s'est borné à faire la description la plus exacte et la plus sincère possible de tous ces objets rares et précieux, les livrant avec la plus entière confiance à l'appréciation du public amateur, juge suprême en pareille matière.*

Il nous a paru utile, cependant, de faire remarquer que ce qui frappe le plus dans toute cette riche collection, c'est la rigoureuse authenticité des pièces et leur admirable conservation.

E. DRION.

CONDITIONS DE LA VENTE

La vente se fera payable comptant.

Les adjudicataires paieront dix pour cent en sus des enchères, applicables aux frais.

L'exposition mettant le public à même de se rendre compte de l'état des objets, il ne sera admis aucune réclamation, une fois l'adjudication prononcée.

On recommande aux visiteurs toute la prudence possible pour qu'aucun objet ne soit endommagé, chacun étant responsable du dégât qu'il aurait occasionné.

CATALOGUE

Faïences et Poteries.

1. Un pot avec couvercle en faïence de *Rouen*, dite à la corne.
2. Un pot avec couvercle en faïence décor rouge et vert.
3. Deux vaches en faïence de *Delft*, décor rouge et or, imitation Japon.
4. Deux petits poissons, camaïeu bleu.
5. Une statuette en faïence, servant de moutardier.
6. Soucoupe en faïence, decor chinois marquée R V D M en bleu. *Delft*.
7. Deux poissons en faïence ancienne.
8. Un pot en faïence, camaïeu bleu, avec sujet mythologique.
9. Une petite burette en faïence, décor bleu, avec couvercle en étain.

10. deux corbeilles en faïence, décor bleu, avec plat, marque C.

11. Deux autres corbeilles plus grandes, même faïence et même marque.

12. Deux petits plats en porcelaine de *Chine;* au fond un héron, les ailes déployées, forme tout le décor.

13. Deux melons d'eau, servant de beurriers en *Deflt* polylchrome.

14. Un pot en faïence unie, à surprise.

15. Un très-beau bassin en faïence italienne, Urbino riche décor, au fond, scène mythologique.

16. Burettes et porte-burettes en faïence *Rouen* ancien décor.

17. Deux flambeaux camaïeu bleu, avec chiffre A D. *Moustier*.

18. Un vase à anse, dit pinte, camaïeu rouge, représentant le triomphe de Bacchus, et portant cette marque : C. L. Wargenem.

19. Une aiguière et son plat en faïence, décor rose.

20. Deux chevaux en faïence de *Delft*, décor bleu.

21. Un pot avec couvercle en faïence de *Rouen*.

22. Corbeilles à jours, en faïence à décors bleu et or.

23. Une paire de souliers en faïence, encrier et sablier ; camaïeu bleu. *Delft*.

24. Deux porte-bouquets en faïence de *Delft*, camaïeu bleu.

25. Trois jardinières en faïence avec bouquets sur les côtés et paysages sur la face principale : de forme Louis XV.

26. Deux brûle-parfums en faïence de *Haguenau*, avec sépias ; belles têtes de béliers pour anses.

27. Deux compotiers, bords écaillés, en faïence de *Rouen*, à la corne.

28. Deux assiettes, bords découpés, en faïence de *Rouen*, à la corne.

29. Deux porte-fruits en faïence de *Delft*, de Van Duyn, camaïeu bleu.

30. Deux assiettes en faïence de *Delft*, de Samuel Piet Roœrder ; grand décor rouge, bleu et or. Genre chinois.

31. Deux petits plats à bords dentelés, faïence de *Delft* (J.-S.) ; camaïeu bleu.

32. Un plateau carré, avec anses, en faïence de *Nevers*, camaïeu bleu.

33. Deux plats ovales en faïence, décors de fleurs entourant des insignes et inscriptions franc-maçonniques.

34. Deux très-belles assiettes en faïence *italienne*, de Castelli, Loth et ses filles. Loth recevant les anges. — Dessin très-fin.

35. Deux plats creux en faïence de *Rouen*, corne et oiseaux.

36. Six plats ovales, bords découpés, en faïence de *Rouen*, corne et oiseaux.

37. Deux assiettes en faïence à personnages chinois, d'un émail très-fin et d'une grande finesse de pâte. *Delft*.

38. Six assiettes en faïence de *Moustier* ancien, décor de fleurs.

39. Une soupière en faïence ancienne représentant une poule et ses poussins.

40. Un pot en faïence allemande, à personnages.

41. Deux plats, à bords découpés, en faïence de *Rouen*, corne oiseaux et papillons.

42. Deux plats ovales, faïence de *Rouen* à la corne, décor polychrome, avec anses formées par des dauphins.

43. Un grand plat hispano-arabe, à reflets métalliques, représentant dans le creux du fond un tambour costume-espagnol, casque et panache.

44. Une coupe en faïence italienne *Castelli*, sujet mythologique, cadre ébène.

45. Un grand plat creux, faïence italienne, de *Pessaro*, représentant un buste de femme.

D. 38 cent.

46. Deux cornets en faïence de *Delft*, décor bleu.

47. Un plat en faïence représentant un homme assis.

48. Un plat en faïence, fond bleu, avec entourage de fleurs de lys, et la Salamandre couronnée de François 1er.

49. Un coq en faïence polychrome.

50. Un plat de mariage en faïence de *Rouen*, riche décor, portant cette inscription : P. I. Taquet, Jeanne Campner, 1751.

51. Une superbe assiette en faïence italienne, Casteldurante, décor polychrome, sujet mythologique.

52. Un grand plat rond, en faïence de *Rouen*, décor de fleurs et oiseaux.

53. Six assiettes en faïence de *Heller*, à personnages, formant les six tableaux de l'Enfant prodigue.

54. Une corbeille et son plat en faïence du comte de Custine.

55. Un plat ovale et une corbeille à fond dentelé, en faïence de *Delft*, décor bleu.

56. Cinq assiettes en faïence, décor polychrome. *Delft*.

57. Un grand plat en faïence de *Rouen*, décor, fleurs et oiseaux.

58. Une statuette, en ancienne faïence italienne, hauteur 48 cent., avec piedestal. Eve, une pomme à la main, et entourée d'une ceinture de fruits et feuillages. *Urbino.*

59. Deux plats creux en faïence de *Delft*, décor gros bleu avec hannetons et médaillons, avec cette marque $\frac{D}{12}$

60. Deux plats ronds en faïence de *Delft*, de Johanner Van Duyn, camaïeu bleu.

61. Deux grands plats en faïence de *Delft*, décor bleu avec ce chiffre 8.

62. Une statuette en vieille faïence, représentant un homme à cheval.

63. Deux petites assiettes en faïence, décor vert et personnages.

64. Deux plats en faïence de *Delft*, décor bleu dans le fond, une jeune femme avec fleurs et corne d'abondance.

65. Une assiette en faïence de *Delft*, grand décor rouge et or.

66. Un plat à côtes en faïence de *Delft*, décor bleu.

67. Une très-belle assiette en ancienne faïence *italienne*, *Castelli*, paysage au fond et décor très-riche sur les bords, deux amours soutenant des guirlandes de fleurs.

68. Deux plats ovales en faïence de *Delft*, camaïeu bleu. — L P K.

69. Un grand plat à dragées, avec creux formés par six cœurs, décor bleu d'une grande finesse.

70. Deux corbeilles à fruits avec anses et fond à jours, *Delft* bleu.

71. Une plaque en faïence italienne, ruines, paysage et personnages.

72. Une ravière en faïence, genre *Palissy*, représentant une femme nue, en relief.

73. Deux grands plats en faïence de *Rouen*, grand décor.

74. Deux grands plats en très-jolie faïence, décor polychrome, marque D. *Delft*.

75. Une petite statuette en grès gris et bleu, personnage en costume Louis XIV, portant un plat entouré de cœurs.

76. Quatre assiettes en faïence de *Rouen*, riche décor.

77. Un grand plat, décor bleu, Hercule brandissant sa massue, faïence de *Moustier*.

78. Une assiette en porcelaine de *Delft*, décor polychrome à médaillon, genre Chine.

79. Un pot très-curieux, à surprise, avec personnages grotesques et inscriptions grivoises

80. Deux très-grands plats en faïence ancienne, décor polychrome sur les bords et vignette en grisaille au fond, représentant le Baptême du Christ. *Luxembourg.*

81. Une assiette en vieille faïence, représentant une madone avec cette inscription : *Marie Quarez, 1760.* Faïence *picarde.*

81 *bis.* Un grand plat hispano-arabe d'un très-riche décor, diamètre 35 cent. monté sur un très-beau cadre doré en bois sculpté.

82. Une assiette creuse en faïence de *Delft*, décor bleu et rouge.

83. Trois assiettes en faïence du *Luxembourg*, à personnages, la fuite en Egypte.

84. Six assiettes en faïence de *Moustier*, camaïeu vert à personnages, genre Callot, et animaux fantastiques.

85. Deux très-jolis plats longs en faïence de *Moustier*, à personnages et animaux.

86. Deux petites assiettes en faïence de *Rouen*, à la corne.

87. Un joli plat à barbe en faïence de *Delft*, riche décor,

88. Deux assiettes creuses en faience de *Delft*, camaieu bleu.

89. Deux beaux plats ronds à côtes à dessins et décor camaieu, sujets bibliques.

90. Une assiette en faience ancienne aux armes de Lille, et une théière.

91. Un très-beau plat ovale de *Bernard de Palissy*, Le baptême du Christ par St. Jean, anges et divers personnages, beau relief parfaitement conservé.

Recommandé à l'attention des amateurs.

92. Deux plats octogones à quatre anses en faience de *Delft*, camaieu bleu, genre chinois, la marque I. B. Wilmart.

93. Deux assiettes en faience de *Rouen*, sujets chinois.

94. Quatre assiettes en faience de *Delft*, décor bleu, au fond dragon et fleurs marquées I. B..

95. Grand plat et deux compotiers en faience de *Rouen*, roses et tulipes. Ce lot sera divisé.

96. Deux assiettes en faience de *Delft*, représentant l'une la Cène, l'autre la Crucifixion du Christ.

97. Deux assiettes en faience de *Rouen*, l'une à la corne, l'autre décor rouge et or.

98. Deux assiettes en faience de *Marseille*, décor à fleurs.

99. Deux assiettes en faience de *Rouen*, avec corne et perroquet.

100. Une assiette en vieille faience avec madone. *Heller*.

101. Six assiettes en faience d'un très-fin coloris personnages en relief, les chinois grotesques. *Marseille*, Veuve Perrin.

102. Trois beaux compotiers en faience de *Delft*, très-riche décor recommandés à l'attention des amateurs.

103. Deux jolies corbeilles, avec leurs plats ovaies fort belle faience ancienne, riche décor.

104. Un fort beau plat ovale en faience de *Moustier*, Vénus, entourée d'amours.

105. Deux assiettes en faience de *Moustier*, sujets mythologiques, entourage de guirlandes.

106. Un grand plat rond en faience de *Delft*, décor polychrome.

107 Un plat ovale de *Bernard de Palissy*, il est formé d'une cavité ovale au centre et d'entrelacs renfermant des palmettes et des fleurons repercés à jour. (Collection Soltykoff).

108. Un magnifique pot en forme de broc de la contenance d'une dizaine de litres, en faience de *Lille*, de la fabrication de J. Masquelier (voir l'ouvrage de M. J. Houdoy sur les faiences et porcelaines de *Lille*,) ce pot a appartenu aux seigneurs de Crèvecœur.

109. Deux assiettes en faience de *Nidderwiller*, décorées à l'imitation du bois et représentant à leur centre une feuille de papier figurée, sur laquelle est peint un paysage en camaieu rouge portant le mot *Nidderwill* et la date 1774. Ces deux assiettes très-rares comme faiences figuraient aussi à la vente Le Carpentier, Paris 1866.

110. Une très-jolie Ecuelle en faience de *Moustier*, avec couvercle et plateau, décor polychrome à médaillon de personnages, et portant la marque d'*Oléry*: on lit en deux endroits: Pour Manette. Les armoiries sont surmontées de la couronne de marquis. Cette remarquable pièce de faience vient de la collection Le Carpentier.

111. Quatre magnifiques assiettes en faience de *Lille*, formant un jeu de cartes complet: chaque assiette comprend les huit cartes de même couleur, très-rare.

112. Un pot en faience italienne de *Castelli*, groupe d'amours et guirlandes de fleurs, sur le couvercle vue d'un château.

Porcelaines de Chine et du Japon.

113. Six compotiers en vieux *Chine*, décor vert, rouge et or. Grand relief.

114. Deux très-grands plats en porcelaine, dite de commande, avec couronne ducale et armoiries.

D. 35 cent.

115. Six plats *Chine*, décor vert et rouge.

D. 32 cent.

116. Cinq plats en vieux *Chine*, haut relief, décor aux paons, vert, or et rouge.

117. Un grand plat creux à crême, et son plat de dessous en vieux *Japon*, haut relief aux trois couleurs, paysages et médaillons.

D. 39 cent.

118. Uu très-joli bol en porcelaine de *Chine*, avec plat et couvercle de médaillons à personnages ; très-joli décor.

119. Deux jolis plats en vieux *Chine*; haut relief, grand décor.

120. Deux grands plats en *Chine*; riche décor, famille verte — *L'un des deux est endommagé.*

D. 36 cent.

121. Six assiettes en *Japon* aux trois couleurs; riche décor.

122. Sept beaux compotiers en porcelaine de *Chine*, à bords dentelés, décor or et animaux fantastiques, qualité supérieure.

123. Six compotiers, *Japon*.

124. Six belles assiettes en porcelaine ancienne, haut relief; au fond le jugement de Pâris. Très-rare. Décor européen.

125. Quatre plats en vieux *Japon*; grand décor à personnages, en costumes européens, rouge et or. Très-rare.

D. 32 cent.

126. Deux plats creux en porcelaine de *Chine*, à médaillon au milieu; décor vert, rouge et or.

127 Cinq assiettes en porcelaine de *Chine*, décor bleu.

128. Deux bols en porcelaine de *Chine*, très-jolis de décor. — *L'émail de l'un d'eux a souffert.*

D. 23 cent.

129. Un pot avec couvercle en vieux *Chine*, d'un dessin très-rare et de riche coloris.

130. Deux bols en porcelaine de *Chine*, décor rouge et vert, fruits et feuillage.

131. Deux plats en *Chine*, décor bleu bordé d'or.

D. 36 cent.

132. Sept assiettes creuses en vieux *Chine*, décor vert et brun; très-belle conservation.

133. Deux assiettes en vieux *Chine*, même décor.

134. Un compotier en *Chine*, décor vert et rouge, feuillages et fleurs.

135. Six assiettes en vieux *Japon*, riche décor aux trois couleurs.

136. Quatre grands plats en porcelaine de *Chine*, médaillons et feuillage.

D. 39 cent.

137 Sept assiettes en vieux *Chine*, très-riche décor, bouquet au milieu, guirlandes surle marly.

138. Quatre autres assiettes creuses, même décor, *Japon*.

139. Deux petits bols, vulgairement dit jattes, en vieux *Chine*, décor de feuillages et fleurs.

140. Quatre magnifiques plats octogones en porcelaine du *Japon*, aux armoiries parlantes Corbeau de Vaulsenne, médaillons et riche décor.

141. Un magnifique bol en vieux *Chine*, pagodes et personnages, qualité supérieure.

D. 29 cent.

142. Deux jolis bols en porcelaine de *Chine*, formant pendants, d'une grande richesse de décor et de coloris. — Scènes à personnages.

D. 30 cent.

143. Deux assiettes en *Chine*, décor bleu et or, au fond un bouquet de fleurs.

144. Un vase en porcelaine du *Japon*, décor polychrome.

145. Quatre petits plats, riche coloris.

146. Un magnifique plat de vieux *Chine*, très-riche de décor.

D. 43 cent.

147. Deux superbes bols en vieux *Chine*, remarquables de dimension et de dessin, fruits et oiseaux, haut relief. — Très-rare.

D. 41 cent.

148. Une assiette en vieux *Chine*, à figurines, décor polychrome, famille verte.

149. Douze assiettes *Japon*, aux trois couleurs, riche décor, qualité extra.

150. Deux plats *hollandais*, décor bleu, sur le marly médaillons avec paysages, et au fond personnages faisant de la musique.

151. Deux sucriers avec couvercles en *Chine*, fond brun à médaillons de fleurs sur fond blanc.

152. Sept assiettes en vieux *Chine*, à personnages, qualité supérieure, famille verte.

153. Deux assiettes en porcelaine du *Japon*, or, vert et bleu.

154. Deux saucières en vieux *Chine* aux paons, très-riche de décor et de relief.

155. Uue petite théière chinoise costumes européens.

156. Une petite corbeille à jours, montée sur pieds, bords dentelés, en *Chine*, famille verte.

157. Deux bols en porcelaine, imitation *Chine*.

158. Un joli petit pot en porcelaine, très-rare, avec couvercle serti en argent, décor de feuillages, fond aventurine clair.

159. Deux plats en porcelaine du *Japon*, aux trois couleurs, qualité supérieure.

160. Quatre plats en vieux *Chine*, à médaillons, très-riche décor bleu et or.

161. Un plat creux en faïence de *Delft* ancienne, décor bleu, sujets religieux dans des médaillons.

D. 36 cent.

162. Une plaque en vieux *Chine* mandarin, cadre noir.

163. Un grand plat du *Japon*, décor bleu.

D. 39 cent.

164. Deux bols avec leur plat en vieux *Chine*, décor de fleurs et oiseaux rehaussé d'or.

165. Un bol en porcelaine du *Japon*, aux trois couleurs.

166. Un petit pot avec couvercle en *Japon*, rehaussé d'or, qualité exceptionnelle.

167. Un bol en porcelaine du *Japon*, à bords dentelés, riche décor.

168. Un Baguier et deux petits coupes avec couvercle formant garniture de trois pièces, en *Chine*.

169. Une très-jolie saucière en vieux *Chine,* décor à personnages à l'extérieur, au fond animaux et fleurs.

170. Six tasses rondes avec soucoupe, décor brun à l'extérieur, au fond un coq et feuillages, belle qualité.

171. Six grandes tasses à chocolat, avec couvercles et sous-tasses, décor rouge et bleu rehaussé d'or.

172. Huit assiettes en porcelaine de *Chine*, haut relief, très-beau décor à médaillon.

173. Treize assiettes en porcelaine, vieux *Chine*, décor de fleurs et feuillages.

174. Dix-neuf assiettes vieux *Chine*, guirlande sur les bords, au fond fleurs et oiseaux.

175. Vingt assiettes en porcelaine de *Chine*, bouquets de fleurs sur les bords, au fond feuillages et décor rouge et or.

176. Deux brûle-parfums représentant deux Chinois agenouillés tenant deux vases, décor de feüillages et de coqs en écussons.

177. Deux pots avec couvercles en porcelaine du *Japon* aux trois couleurs, et or.

178. Six tasses avec anses, et leurs sous-tasses, en vieux *Chine,* très-beau décor à personnage rehaussé d'or.

2

179. Six tasses et sous tasses en vieux *Chine*, haut relief et décor à personnages et pagodes.

180. Un bol avec son plat et son couvercle, à bords dentelés en *Japon* grand décor rehaussé d'or.

181. Quatre très-belles tasses et sous-tasses en porcelaine ancienne, de l'*Inde*, décor de fleurs et bouquets.

182. Deux petites tasses et sous-tasses en vieux *Chine*, décorées à l'éventail, qualité exceptionnelle.

183. Un petit bol, dit jatte, une soucoupe et une boîte à savon, le tout en porcelaine de *Chine*.

184. Cinq assiettes en vieux *Chine*, très-joli décor à médaillons de fleurs.

185. Huit assiettes en *Chine* doré, à personnages, mandarin, rare.

186. Six assiettes en porcelaine de *Chine*, à médaillons de fleurs, haut relief.

187. Neuf assiettes en porcelaine de *Chine*, avec vignettes dans le fond, personnages en costumes européens.

188. Deux petits vases en porcelaine de *Chine*, décor bleu, avec anses et couvercles dorés, le bouton du couvercle est représenté par une tête de Minerve, monture ancienne.

189. Deux très-beaux plats en vieux *Chine*, mandarins, très-remarquables de relief et de décor.

D. 35 cnt.

190. Une très-belle soupière en porcelaine du *Japon* aux trois couleurs, très-remarquable de forme et de conservation.

191. Six magnifiques tasses en porcelaine de *Chine*, coquille d'œuf, décor à personnages, haut relief, portant cette note : Collection de M. le Colonel Du Pin, n° 128 du catalogue.

192. Trois autres assiettes mandarin coquille d'œuf, à personnages.

193. Une superbe assiette en vieux *Chine*, médaillons, décor rouge, au milieu deux coqs.

194. Quatre assiettes en porcelaine mandarin, coquille d'œuf.

195. Une cuiller en porcelaine de *Chine*, mandarin, d'une très-grande finesse de dessin, à personnage et animaux. — *Pièce rare.*

196. Une magnifique assiette en vieux *Chine*, coquille, couverte extérieure rose, à mandarins, qualité très-remarquable.

197. Une toute petite assiette en vieux *Chine.*

198. Deux magnifiques potiches en vieux *Chine*, très-richement décorées, oiseaux et fleurs rehaussés d'or.

199. Un plat creux octogone en fine porcelaine de vieux *Japon*, — *monture en chêne moderne.*

200. Quatre grands bols en porcelaine des *Indes*, décor à médaillons, fleurs et feuillages rehaussés d'or.

201. Deux bouteilles à long col et panse aplatie dites Surhaé, en porcelaine d'*Iran*, Perse.

H. 31 c., circ., 68 c.

202. Quatre petites assiettes octogones très-fines, faïence de Delft, camaïeu bleu.

Porcelaines diverses.

203. Deux pots ou vases en porcelaine fond bleu, décorés d'or.

204. Deux compotiers vieux *Tournai*, camaïeu rose, vignettes au fond, bords ondulés.

205. Une tasse à bouillon avec soucoupe et couvercle, décors de fleurs, sans marque.

206. Un sucrier en vieille porcelaine, écussons bleus, décor doré, fond blanc.

207. Douze tasses, deux sucriers et un bol en vieux *Tournai*, camaïeu rose, scènes rustiques.

208. Un service à thé complet, en vieille porcelaine de Lille, comprenant dix-huit tasses et sous-tasses, théïère, pot au lait, cafetière et bol, avec vignettes les Jeux de l'Enfance. — *Très-belle conservation.*

209. Une tasse à deux anses avec soucoupe et couvercle, en porcelaine de *Lille*, pâte tendre, des frères Barthélemy ou François Dorez, à la marque du Dauphin couronné.

210. Un petit pot et son couvercle, en porcelaine blanche et or de *Clignancourt*.

211. Une tasse à deux anses, son plat et son couvercle en porcelaine royale de *Berlin*.

212. Une petite tasse et soucoupe en porcelaine à la *Reine*.

213. Une petite passette en porcelaine Charles-Frédéric, le manche figurant une gargouille.

214. Un magnifique flacon en porcelaine *Allemande*, armoiries avec couronne de prince sur le goulot, de chaque côté, deux médaillons représentant, l'un départ pour la chasse, et l'autre l'hallali du cerf; bouchon, bronze et or.

215. Une sonnette en porcelaine, fond noir, émail varié, décor à personnages.

216. Une tasse et sa sous-tasse en porcelaine *Vienne*, fond bleu royal, sur la tasse, vignette représentant la Justice, sur la sous-tasse, la Sympathie.

217. Un compotier en porcelaine décorée de guirlandes de fleurs et bouquets. — *Style Pompadour fleuri.*

218. Sept assiettes en faïence de *Naples*. *Très-rares.*

219. Six belles assiettes en porcelaine de *Mayence*, bords gaufrés.

220. Deux compotiers en porcelaine royale de *Berlin*, décor en relief sur les bords, au fond, peinture de fleurs et rehaussé d'or.

221. Deux compotiers en porcelaine de *Kronenburg*, décor de fleurs.

222. Neuf très-belles assiettes à médaillons, décor très-riche, reflet métallique.

223. Une belle aiguière et son bassin en porcelaine très-fine, ornements, guirlandes d'or.

224. Une assiette ancienne porcelaine, avec vignette dans le fond, représentant un groupe de déesses de l'Olympe dans un char.

225. Un vase jardinière avec couvercle percé à jours, en porcelaine de *Clignancourt*.

226. Une soucoupe, un bol et trois petits vases en porcelaines diverses. Le lot sera divisé.

227. Une corbeille porte-fruits et son plat en porcelaine, décor genre *Chine*, beau coloris.

228. Deux tasses à bouillon avec couvercle et plats en très-belle porcelaine ancienne. — *Vignettes représentant des lacs et marines.*

229. Deux brûle-parfums Louis XVI, décor en grisaille très-fin.

230. Deux assiettes vieille porcelaine à paysages et personnages, bords rocaille dorés.

231. Deux vases de forme ancienne, avec sujets anciens, deux têtes de satyres servant d'anses, belle porcelaine Louis XVI.

Grès d'Allemagne et de Flandre.

232. Un grand pot à tabac; genre Bernard de Palissy, avec coquillages et animaux sur le couvercle. *Moderne.*

233. Barillet, 39 cent. de long, quatre cercles fleurdelysés, un beau mufle de lion sur le fond du devant; deux poissons servent de supports.

234. Une grosse cruche en grès de Flandre; émail bleu, à boutons; couvercle en étain.
H. 37 cent.

235. Hanap en grès vernissé, dont le col représente une tête d'homme, à côtes évidées dans le milieu et prenant la forme d'une couronne; les six côtes formant la couronne sont ornées, à leur jonction avec le col, d'écussons et de bustes de personnages. — Pièce très-rare.

236. Une chaufferette en poterie vernissée avec sa louche en cuivre ancien avec fleur de lys.

237. Très-belle cruche en grès flamand formée par un personnage monstre, la tête servant de col, les bras et le buste figurés sur la rotondité; décor de fleurs. — Pièce rare.

238. Aiguière à bronçon en poterie vernissée, à jour à la surface extérieure.

239. Deux bouteilles en porcelaine fond bleu *Céladon,* décor de feuillage et papillon or.

240. Vidrecome en porcelaine, grand décor, genre *Japon* aux trois couleurs, couvercle en argent avec médaillon.

241. Vase en forme de livre qu'on remplissait d'eau chaude et dont les dames se servaient, dès le XIVe siècle, pour se chauffer les mains dans leur manchon. — Rare. — Il porte la date de 1696, la marque W R et des versets de la Bible sur les faces.

242. Fort belle bouteille en porcelaine sur fond aventurine et décor camaïeu bleu sur fond blanc. — Très rare.

243. Aiguière ou canette à bronçon (tuyau pour verser) en grès gris en partie émaillé de bleu. La panse, de forme à peu près sphérique, est ornée de cannelures, d'impressions et d'un tore saillant; le col du vase est entouré de cariatides et de bustes; le bronçon, moulé à riches ornements de style renaissance, est maintenu par un *S* qui présente d'un côté les initiales *J. M.*, et de l'autre la date de 1592 (collection Soltykoff).

H. 25 cent.

244. Pot en grès allemand, avec écusson à l'aigle à deux têtes, décor bleu, couvercle en étain.

245. Une cruche à long col formé par une tête d'homme ; la panse est ornée d'un écusson : le *Lion de Flandre*. fond chagriné.

246. Pot en grès flamand, avec médaillon au milieu portant l'inscription *I, H, S*. Monogramme du Christ. — Riche décor.

247. Magnifique pot en grès brun, avec couvercle en étain ; sur le tour les douze apôtres coloriés avec les noms écrits dans la frise ; au bas l'inscription : *Hanns. Georg. Schreyer. Z. B. I. R. Maria Magdalena. Schreyer : N. 1657*, de *Cologne*, émaillé.

248. Pot ancien en grès polychrome de *Cologne*, avec vignettes et animaux sur le tour ; couvercle en étain avec médaillon représentant un sujet religieux. Autour est écrit : *Christus sanctificavit Ecclesiam suam*, trois écussons, 1670.

249. Un pot en grès brun allemand, avec inscription, et représentant une chasse à l'ours. 1687.

250. Pot en grès de *Flandre* en décor polychrome ; au col une tête de lion avec anneau ; sur le milieu, une étoile. Décor bleu et violet.

251. Un petit pot en grès flamand avec fleurs en relief sur la panse ; décor brun et bleu.

252. Pot en grès blanc, décor bleu, couvercle aussi en grès, décor très-fin.

253. Pot en grès blanc à cannelures, décor bleu à fleurs et mascarons.

254. Canette en grès allemand avec 3 écussons, armoiries et inscriptions HE V- V Q et VKRW, couvercle et base en étain.

255. Autre pot en grès flamand imprimé et émaillé de bleu, avec couvercle en étain et tête de lion au col, décor à rayures.

256. Aiguière en grès gris, décor bleu, de forme ovoïde, avec tore saillant au milieu, tête d'homme au col.

257. Grande canette de forme cylindrique en grès uni avec couvercle et monture en étain gravé et statuette servant de bouton, sur le couvercle le mot : Edler.

258. Aiguière ou canette en grès brun imprimé, couvercle étain, semis de carte feuille.

259. Grand pot en grès blanc à cannelures, couvercle en étain, dessin losangé dans le grès.

260. Grande canette de forme ovoïde avec médaillons et impressions à fers, décor brun et bleu, tête d'homme au col.

261. Une gourde à quatre petites anses destinées à la suspendre, à fond émaillé bleu, et semis de fleurs-de-lys émaillées en brun. Elle porte la date de 1678. — Vente Fould, No 2141.

H. 80 cent.

262. Grand flacon ou gourde ovoïde bouchant à vis, hauteur 32 cent. De chaque côté de la panse se trouvent les armes de France, émail brun, fond émaillé bleu, impressions à fers. — *Pièce rare.*

263. Une aiguière en grès de *Flandre* avec médaillon portant le Christ en croix, sur les côtés têtes de lions, fond émaillé bleu, décor gris.

264. Aiguière en grès, fond émaillé bleu, au col mufles de lion, sur la panse impressions à fers.

H. 28 cent

265, Petite aiguière en grès, fond émaillé bleu avec médaillons en frise, couvercle en étain avec tore saillant.

H. 22 cent

266. Autre pot en grès avec impressions de têtes de chimères alternant avec six écussons au double aigle sur la panse, émaillé bleu, couvercle en étain avec fleur-de-lys pour bouton.

267. Petit pot en grès flamand, couvercle en étain, émail bleu, décor à boutons gris émaillés brun.

268. Une grande cruche en grès flamand avec couvercle en étain, émail brun, six mascarons sur la panse émaillés de bleu entre deux galeries d'impressions à fers brun et bleu.

269. Un autre petit pot en grès avec couvercle en étain, tête d'homme au col, sur la panse feuilles d'acanthe et rosaces en relief, XVIe siècle.

270. Une petite cruche en grès, fond émaillé bleu, à bouton, couvercle en étain, mascarons gris, une tête au col.

Porcelaines de Saxe et de Sèvres.

271. Une jolie tasse à bouillon, en *Saxe*, fond jaune avec médaillons à personnages, scène champêtre, avec couvercle et plat.

272. Une tasse, sa soucoupe et son couvercle, en porcelaine, avec médaillons à personnages, scènes champêtres, genre.

273. Six tasses et sous-tasses en très-belle porcelaine ancienne, pâte tendre, décor oiseaux et feuillages.

274. Une cloche.

274 *bis*. Deux petits vases pâte tendre, duc de Villeroi.

275. Six petites tasses ou pots à crême, avec soucoupes et couvercles, différents décors à vignettes. Ce lot sera divisé.

276. Une ravière en *Saxe*, avec anse, décor de bouquets de fleurs.

277. Un très-joli pot en *Saxe*, fond vert d'eau, médaillon de fleurs, très-jolie qualité, monture ancienne.

278. Une boîte formée par un poisson (carpe), en porcelaine.

279. Un très-joli bol en *Saxe*, à bords écaillés, avec médaillons à personnages, genre Watteau.

280. Une belle tasse à bouillon, en *Saxe*, grand décor à feuillages, fleurs en relief rehaussé d'or, avec couvercle et plat, décor ancien.

281. Un sucrier à poudre, en *Saxe*, décor de fleurs.

282. Six petites cuillers en *Saxe*, avec personnages, très-fines peintures. — Ce lot sera divisé.

283. Deux tasses de mariage et leurs sous-tasses, en *Saxe*, décor à médaillons, amours et oiseaux, gaufrage très-délicat.

284. Une mule en *Saxe*, fond vert d'eau, avec médaillons à personnages, genre pastoral.

285. Trois tasses mignonnettes en *Saxe*, fond vert d'eau et rose, médaillons à personnages.

286. Un sucrier avec son plat et son couvercle, en *Saxe* royal, fond bleu, médaillons à personnages, vignettes genre Boucher.

287. Six magnifiques assiettes en très-beau *Saxe* royal, rehaussées de feuilles d'or en relief, décor de fleurs et insectes ; comme chiffre un C et A enlacés, surmontés d'une couronne de prince, avec collier et croix.

Recommandées à l'attention des amateurs.

288. Un petit baguier en *Saxe,* décor bouquet de fleurs.

289. Quatre compotiers à bords découpés, *Saxe*, à bouquets de fleurs.

290. Quatre assiettes creuses, décor bouquets de fleurs, bords dorés.

291. Une magnifique soupière à pied avec son plat, en *Saxe* royal, décor à bouquets rehaussé d'or, le bouton figuré par un artichaud, très-belle pièce, restauration au pied.

292. Deux tasses et sous-tasses en *Sèvres*, d'une grande délicatesse de forme et de décor, fond bleu, or et semis de roses.

293. Un pot en vieux *Sèvres*, décor à bouquets, bords dorés, pâte tendre.

294. Douze assiettes en vieux *Sèvres,* décor à bouquets, rehaussés d'or, pâte tendre.

295. Deux tasses et sous-tasses en vieux *Sèvres*, médaillons *Chine,* riche décor. Ce lot sera divisé.

296. Un joli beurrier en vieux *Sèvres*, avec son couvercle et son plat, à bouquets rehaussés d'or, pâte tendre.

297. Deux vases en porcelaine de *Sèvres*, à anses, décor à médaillons, pâte tendre, décor ancien.

298. Une grande tasse, avec couvercle et soucoupe creuse, en *Sèvres*, décor bleu, grand feu, médaillons d'oiseaux, coqs et faisans, rehaussé d'or.

299. Deux charmants petits sucriers avec plateaux et couvercles, en *Sèvres*, semis de roses et boutons, pâte tendre.

300. Une tasse à bouillon en vieux *Sèvres*, Louis XIV, pâte tendre, décor à bouquets. — *Belle pièce.*

301. Un magnifique sucrier avec son plat et son couvercle en *Saxe* royal, avec de très-belles peintures représentant des paysages et scènes pastorales. — *Pièce très-remarquable.*

302. Une aiguière et son bassin en porcelaine de *Saxe*. — Riche décor de fleurs et fruits.

303. Deux tasses avec soucoupes en porcelaine de *Sèvres*, à bouquets, pâte tendre.

304. Deux petits plateaux et un sucrier en *Sèvres* vieux, décors divers. Ce lot sera divisé.

305. Deux très-belles assiettes en porcelaine de *Sèvres*, à médaillons de fleurs; au milieu sur l'un des attributs guerriers, sur l'autre des attributs de musique, pâte tendre, ancien décor.

306. Un bol et sa soucoupe en porcelaine blanche de *Sèvres*, bords dorés.

307. Une tasse et sous tasse en vieux *Sèvres*, fond lie-de-vin rayé, avec guirlandes de fleurs sur fond blanc.

308. Un bol en porcelaine de *Sèvres*, décor de fleurs, bords dorés.

309. Deux jolies tasses et sous-tasses en porcelaine de *Sèvres*, décor bleu et rose, médaillons de fleurs.

Groupes et statuettes en Saxe et en Chine, biscuits de Sèvres.

310. Deux grandes statuettes en porcelaine décorée, homme et femme, genre Watteau.

311. Deux statuettes bergères Watteau, avec animaux et instruments de musique.

312. Deux statuettes en *Saxe* faisant pendants homme et femme tenant une guirlande de fleurs, Pompadour.

313. Une statuette de femme assise en costume riche et éclatant, tenant une navette à la main.

314. Deux pièces en *Saxe*, berger et bergère Pompadour, assis chacun entre deux paniers décorés de fleurs, formant salières.

315. Les quatre saisons, quatre statuettes en porcelaine blanche, de *Saxe*.

316. Deux groupes en *Saxe* : l'un une grande dame assise, un livre à la main, près d'une table où se trouve son rouet; l'autre un seigneur assis dévidant un écheveau de fil.

317. La coquette, très-belle statuette de *Saxe*, décor Pompadour, remarquable par la finesse et la conservation des dentelles et des rubans.

318. Léda, groupe en porcelaine *Hoochst,* et deux cygnes en *Saxe*. Ce lot sera divisé.

319. Buste de jeune fille avec bouquet de fleurs en relief, au bonnet et au corsage, *Saxe royal*.

320. Le Mercure galant ou le messager tenant une lettre d'une main et une bourse de l'autre.

421. Berger Pompadour, décor de rubans et fleurs.

322. Un magot chinois en porcelaine blanche.

323. Quatre statuettes d'enfants nus couronnés de fleurs et tenant des corbeilles.

324. Deux éperviers en vieux *Chine* formant pendants.

325. Un très-beau groupe en porcelaine décorée : une petite corbeille soutenue par un pied de palmier, à la base deux amours, dont l'un est couronné de fleurs.

H. 36 cent.

326. Deux magnifiques vases avec couvercles en porcelaine de *Saxe*, décor de fleurs et fruits en relief, portés par des amours, remarquable d'élégance.

327. *Les arts :* très-beau groupe en porcelaine décorée. Une femme debout sur le globe du monde, tenant un portrait qui paraît être celui du pape Léon X (le protecteur des arts), autour cinq petits génies représentant la musique, la peinture, la sculpture, l'astronomie, etc.

328. Une levrette et un petit vase en forme d'urne.

329. Cantinière et porte-drapeau, deux biscuits formant pendauts, sur pieds, en porcelaine dorée.

330. Le savetier et la commère, deux statuettes en vieux *Tournai. — Très-rare.*

331. Deux bustes en biscuit, homme et femme âgés.

332. L'enfant boudeur, groupe en biscuit de Sèvres, le piédestal forme boîte.

333. Deux grandes chimères s'ouvrant par le milieu, formées par des monstres enlacés — *Très-vieux et très-original.*

334. Très-beau groupe en biscuit représentant les Quatre-Saisons, les détails sont charmants de finesse, l'ensemble très-élégant, avec socle et globe.

335. Deux chimères céladon vert, sur un socle en bois noir. — *Très-ancien.*

336. Surtout ou milieu de table en glaces, avec bordures bien argentées. Un beau groupe et huit statuettes de biscuit de *Sèvres* décorent le surtout.

337. Pièce très-remarquable en porcelaine de vieux *Saxe*. Une femme en costume royal, couronne en tête, sceptre d'une main, la boule du monde dans l'autre, est assise sur un cheval qui se cabre, à ses pieds un livre ouvert, la Mappemonde et instruments de précision, socle en marbre.

338. Deux jolies statuettes de *Saxe*, jardinier et jardinière, costumes élégants, avec socles et globes.

Ivoires et Émaux.

339. Un petit mendiant d'après Callot sur pied ébène.

340. Mendiant et mendiante, deux statuettes en ivoire, d'après Callot, pied en ébène.
H. 15 cent.

341. Un enfant nu, debout les bras ouverts, ivoire sur pied ébène.
H. 17 cent.

342. Une sainte Monique, statuette ivoire sur pied aussi en ivoire, admirable de drapé.
H. 21 cent.

343. St.-Louis tenant la couronne d'épines, statuette ivoire sur pied ébène.
H. 18 cent.

344. Buste d'un personnage du temps de Louis XIV, sur pied ébène.
H. 12 cent.

345. Enfant nu, à cheval sur une tortue, ivoire.

346. Bouquets de fleurs composé de Roses, marguerites et pensées, admirablement sculptées par Dieryck, sur plaque ivoire de 18 cent. de haut. sur 13 cent. de large.

347. Un très-beau Dyptique gothique d'un côté, le Christ couronné d'épines, un roseau à la main, de l'autre une vierge couronnée. Pièce remarquable.

348. Le Christ et la Samaritaine, au puits de Jacob, très-beau bas-relief en ivoire, sur le piédestal l'Agnus Dei, travail remarquable.

349. Un chausse-pied terminé par un buste d'enfant. Pièce rare.

350. Un porte-plumes et cachet, deux enfants soutenant des ceps de vignes chargés de fruits.

351. Saint Jean tenant d'une main la croix enrubannée, de l'autre donnant à boire à son mouton.

H. 12 cent.

352. Deux statuettes faisant pendants, saint Jean et un autre évangéliste, pieds en bois sculpté.

H. 18 cent.

353. Une poignée de canne ou de cravache, représentant une chasse au cerf.

354. Une râpe au tabac très-bien conservée, sur une face un joueur de vieille, au bas un buste, sur le couvercle de la tabatière un orang-outang.

355. Une tête de mort, très-belle d'anatomie.

356. Une autre tête de mort, plus petite.

357. Un serre-papier, levrette au repos, socle ivoire.

358. Hercule portant la boule du monde, sur la circonférence les signes du zodiaque, pied en marbre. — *Pièce rare.*

359. Danseuse indienne, statuette ivoire sur pied en ébène, à filets ivoire.

H. 15 cent.

360. Deux petites plaques ivoire, formant camées, têtes d'homme et de femme.

361. Femme en costume japonais, pied ébène.

H. 14 cent.

362. Un couvert en ivoire, cuiller et fourchette, groupes d'enfants, superbe travail.

363. Persée délivrant Andromède, joli bas-relief, ovale, cadre en cuivre.

364. Deux bas-reliefs en ivoire, saint Jean et un autre évangéliste, cadres dorés.

365. Enfants jouant avec une chèvre, petit bas-relief sans cadre.

366. Guenon assise sur une branche d'arbre, tenant son petit, groupe en ivoire sur pied ébène.

367. Le corps du Christ au pied de la croix, dans les bras de sa mère, ivoire sculpté sur plaque, cadre en cuivre ciselé surmonté d'un écusson armoirié avec couronne de duc.

368. Un bas-relief ancien, en ivoire, bordure en nacre, cadre en écaille, 5 personnages.

369. Une vache en ivoire, sur pied en bois noir.

370. Deux paires de castagnettes, ivoire uni.

371. L'adoration des bergers, splendide bas-relief en ivoire gothique, *espagnol*, 17 sur 18, 16 personnages à costumes coloriés.

372. Une râpe à tabac, portant une Minerve appuyée d'une main sur sa lance, de l'autre sur son bouclier, à la tête de Méduse. — Complète.

373. Les buveurs, petit bas-relief en ivoire. — Genre *Téniers*.

374. La Madeleine repentante, belle statuette en ivoire, tenant une tête de mort, le pied sur une urne renversée. — *Belle pièce de sculpture.*

H. 22 cent.

375. Un petit couvert en ivoire, les manches terminées par des bustes d'homme et de femme. — *Fine sculpture.*

376. L'Immaculée conception, statuette de 20 cent. de hauteur, sur piédestal en cuivre ornementé d'un métal en relief.

377. Cinq médaillons, portraits de personnages grecs et romains renfermés dans un cadre ancien marqueté ivoire et métal.

378\. Une magnifique statuette de la Vierge, avec couronne et sceptre, tenant le Sauveur du monde. — *Recommandée à l'attention des amateurs.*

H. 20 cent.

379\. Une dent de cachalot avec marines gravées.

380 Un buste d'enfant, grandeur nature, magnifique pièce d'ivoire, sur pied en marbre.

381\. Une magnifique Vierge terrassant le serpent et présentant le Sauveur du monde, statuette en ivoire de 19 cent. de hauteur, sur piédestal en ébène, étui en chagrin.

382\. Une cuiller en ivoire ancien, le manche terminé par une cariatide de femme, très-beau de travail.

383\. Un couvert chinois en ivoire, avec étui.

384\. Une magnifique boîte à thé en ivoire sculpté et découpé à jour, scènes chinoises, travail admirable.

385\. Cippe orné d'un bas relief, sujet : bacchanale d'enfants, jouant avec un bouc, monture en bronze doré. — Vente Fould.

H. 8 1/2 cent.

386\. Deux vases chinois, l'un en ivoire sculpté et découpé à jour, l'autre en écaille, personnages nombreux, détails pleins de finesse, dans une boîte couverte en étoffe chinoise.

387. Un œuf d'autruche avec plusieurs scènes de la Genèse et de la Bible, gravé.

388. Grand et beau Christ en ivoire sur croix d'ébène ; hauteur du Christ 33 centim ; hauteur de la croix 78 centim. 1/2, très-belle pièce d'ivoire.

389. Deux boîtes à thé, émail chinois sur cuivre, décor polychrome.

390. Quatre petites salières en émail de *Limoges*, fond blanc à fleurs.

391. Plaque ovale émail en grisaille, scène mythologique. — Attribué à Léonard Limousin.

392. Une belle boîté à thé, émail chinois, fond blanc à personnages.

393. Tasse, soucoupe et couvercle, émail gros bleu, décor de fleurs et feuillages.

394. Sainte Anne enseignant à lire à la sainte Vierge, belle plaque en émail de *Limoges*, signée I. L. — Laudin, émailleur à *Limoges*.

395. Deux boîtes à thé en émail chinois, fond blanc, décor de fleurs et de personnages, comme marque $\frac{\text{D.}}{\text{M.}}$

396. Un magnifique bol en émail fond bleu, décoré de chimères et ornements.

397. Deux beaux sucriers en émail, fond gros bleu, médaillons à personnages chinois et scènes d'intérieur.

398. Une tasse avec soucoupe et couvercle, décor bleu pâle avec médaillons à fleurs et feuillages.

399. Ecce homo et Mater dolorosa, deux émaux de Pierre Nouailher, émailleur *à Limoges*.

400. Un bouton ou patère en émail, une femme tenant un oiseau.

401. Saint Christophe traversant les flots portant l'Enfant-Jésus, plaque en émail de 20 cent. de haut sur 15 cent. de large. Cadre ancien.

402. Saint Jérôme et la Madeleine, de Laudin, émailleur à *Limoges*. Cadres en palissandre I L. — *Très-beaux*.

403. La mise au tombeau, émail de *Limoges*, sept personnages, 15 cent. de haut sur 12 cent. de large. Cadre doré.

404. Sainte Theràise *(sic)*, plaque émail de *Limoges*. Un ange lui perce le cœur tandis qu'un autre ange la soutient. — Signé : Bernard Nouailher le veuf.

H. 19 cent., l. 15 cent.

405. Satyre et femme nue, dans le fond un amour, émail, plaque ovale dans un cadre en cuivre doré surmonté d'un nœud de rubans de même métal.

406. Une boîte à thé en émail, fond bleu, décor rose.

407. Une Mater Dei ; plaque en émail de Laudin, émailleur à *Limoges,* I. L. — Cadre ébène.

408. Une tasse au vin dite éprouvette, sur les bords une guirlande de feuillages, au fond une femme nue assise les pieds dans l'eau d'une fontaine, à l'extérieur un décor en haut-relief imitant des pierres précieuses.

409. Saint Charles Borromée en prières devant le Christ, fond noir semé d'étoiles d'or. — Cadre ébène.

410. Une descente de croix ; petit médaillon en émail, monté sur argent, avec écrin.

411. Paysages en émail, cadre ébène.

412. Ste Elisabeth en costume royal ; de Laudin, au faubourg de Maingue, à Limoges. *I. L.*

413. Le Christ tenant la croix; émail ovale dans un cadre en chêne sculpté.

414 Christ en croix et sa sainte mère ; émail de *Limoges,* de J.-B. Nouailher. Cadre ancien, ébène et cuivre ciselé.

415. Un très-beau bénitier en émail de Nouailher, de *Limoges.* L'Annonciation. Décor en relief, magnifique coloris.

416. Un livre *(les psaumes de David)*, avec deux férmoirs en émail représentant la *Foi* et l'*Espérance*. Couverture en écaille sertie de cuivres ciselés. - - Objet rare et curieux.

417. Une bouilloire et son plateau en magnifique émail de *Chine*, d'une remarquable conservation .*Pièce digne de l'attention des amateurs.*

418. Une sainte Famille, adoration des Mages. Très-bel émail de coloris et de dessin remarquables. Cadre en cuivre ciselé.

419. Un petit médaillon rond en émail fond bleu : taureau attaqué per un homme et deux chiens.

420. Un petit médaillon, émail *allemand*, très-beau de relief, portrait de femme.

421. La Cène, très-bel émail, cadre ébène, 17 de larg. sur 13 de haut.

422. Madeleine repentante, émail à riches décors, d'une grande finesse de dessin.

423. Deux petits médaillons ovales, scène galante et scène champêtre, dans des cadres en cuivre avec nœuds de rubans en même métal.

424. Cinq petites étiquettes pour vins de divers crûs, avec chaînettes en argent.

425. Un superbe émail gothique à quatre volets, cuivres en relief sur fond émail. — Scènes de l'ancien et du nouveau Testament.

426. Saint-Mathias et Saint-Jacques, deux émaux dans deux beaux cadres ovales dorés.

427. Une tasse avec soucoupe et couvercle en émail fond bleu foncé, à fleurs et feuillages, décor *chinois* à l'extérieur.

428. La mise au tombeau, très-bel émail du XVIe siècle, huit personnages, admirable de dessin et de coloris, haut. 21 cent. sur 18 cent.

429. Les douze Césars, émaux en médaillons réunis dans un cadre doré sur velours noir.

Meubles riches et Coffrets.

430. Une niche en chêne sculpté, avec marqueteries de fleurs.

431. Un encrier en boule, incrustations de cuivre ciselé.

432. Un guéridon en laque de *Chine*, à personnages et pagodes, musiciens et danseurs.

D. 65 cent.

433. Un petit nécessaire composé de quatre petites carafes en cristal taillé, monture et bouchons en argent, gobelet, plat et entonnoirs en argent; le tout dans une boîte fond vert avec peintures genre Watteau, sur les faces et le couvercle.

434. Un coffre en chêne, sculpté sur trois faces, sur le couvercle quatre fleurs de lys et écusson armorié dans le milieu, quatre griffes de lion pour pieds.

435. Une superbe boîte en écaille, servant de pupître; toute la garniture est montée en argent; intérieur marqueté.

436. Un grand guéridon en laque, fond noir, décor or, à personnages, pagodes et barques de plaisance. D. 91 cent.

437. Un coffre en ébène marqueté, avec écusson sur le milieu et bandes de cuivre doré, ornées de pierres de diverses couleurs, montées en cabochons.

438. Une boîte japonaise en bois noir, avec impressions de personnages et de roses dorés.

439. Un petit meuble à tiroirs, en écaille, incrustations de métal blanc ; au milieu une porte carrée couvrant trois petits tiroirs. H. 45 cent., L. 63 cent.

440. Un bureau en bois de rose avec cuivres ciselés, forme de bureau ministre, au milieu du vanteau mobile se trouve un médaillon, groupe d'amours, genre Watteau.

441. Un petit coffret à tiroirs en palissandre et incrustations en ivoire gravé.

442. Un magnifique scriban ébène et écaille, d'une belle conservation, monté sur une tablette en ébène à pieds et moulures, dans l'intérieur dix tiroirs, à cannelures et écaille, au milieu une grande chapelle architecturale fond en glaces, parquet mosaïque, fermée par une porte à colonnes, au milieu une assomption en cuivre repoussé, deux grandes portes en revêtement doublées en écaille, très-beau meuble. H. 1 m. 60. L. 1 m. 10 cent.

443. Un petit meuble à trois tiroirs sur chacun d'eux une peinture représentant un amour et au dessous une inscription.

444. Un joli scriban ivoire, écaille et ébène, quatorze tiroirs à l'extérieur, deux portes ouvrant au milieu et découvrant une chapelle à parquet de mosaïque incrustations ivoires et douze petits tiroirs.

445. Une très-belle commode Louis XV, en bois de rose, cuivres ciselés (rocaille) marbre de *Vérone*.

446. Une pendule en marqueterie Louis XVI, dans le bas une statue de Minerve, dans le haut, la paix, statue en cuivre, remarquable de ciselures.

446 *bis*. Un très-beau lustre en corne de cerf, neuf lumières, dans les bois sont enlacés des défenses de sanglier et sur les lumières incrustations en ivoire représentant des cerfs dans diverses attitudes.

D. 90 cent.

Vitraux.

447. Un Christ en croix, au pied se trouvent la sainte Vierge et saint Jean, la Madeleine au pied de la croix.

448. Sanctus Servatius (Maestricht), dans le fond la ville de Maestricht, sur le devant le saint terrassant un monstre.

449. Deux moines lisant près d'une chaumière; vitrail en grisaille, au bas Romaldus maximus.

450. Deux vitraux formant pendants :

1° Le péché originel, Adam et Eve au pied de l'arbre de la science.

2° Adam et Eve chassés du paradis terrestre.

451. Un personnage allemand tenant un manuscrit, ouvert et indiquant du doigt un verset écrit, derrière constructions à tourelles.

452. La roue de fortune, au centre la fortune les yeux bandés verse ses faveurs au hasard.

453. Une femme en prières, un homme debout 1590.

454. Le baptême de Notre-Seigneur, très-beau vitrail, quatre personnages.

455. La cène, autre vitrail.

456. Le purgatoire, dans le haut Notre-Seigneur, au milieu la sainte Vierge et saint Pierre.

457. Saint François recevant les stigmates.

458. Scène personnifiant un des mois de l'année. Dans le bas : *Décembre.*

459. Retour de Tobie avec l'ange, beau vitrail, quatre personnages.

460. Scène biblique. Un ange annonçant la naissance du Seigneur aux bergers.

461. La mort, avec emblême et devise sur une banderolle, dans le fond, paysage.

462. Paysan flamand assis et tenant un broc.

463. Saint Pierre et saint Jean, deux vitraux formant pendants.

464. Fuite en Égypte, joli vitrail.

465. Loth et ses filles, magnifique vitrail, riche coloris avec armoirie, vente *Lecarpentier*.

466. Un évêque traverse un fleuve sur le dos d'un dauphin.

467. Joseph vendu par ses frères, très-beau vitrail.

468. Dans une église, un moine agenouillé, derrière lui un abbé, la crosse en main, devant la Vierge et l'Enfant-Jésus.

469. Une sainte abbesse, la crosse en main, récite des prières, à ses pieds, une femme à genoux.

470. Sainte Élisabeth, reine de Hongrie, lavant les pieds des pauvres, très-beau vitrail ancien.

471. L'Adoration des Mages, très-beau vitrail, nombreux personnages, grisaille.

472. La Nativité, vitrail ovale.

473. Le Christ en croix, autour un grand nombre de personnages.

474. Saint-Pierre et Saint-Paul évangélisant.

475. Un joueur de cornemuse.

476. Un combat, vitrail grisaille.

477. Jésus devant Pilate.

478. La Flagellation, pendant du précédent.

479. Scène biblique.

480. Daniel dans la fosse aux lions. Vente *Cabaret*.

Boîtes, Tabatières, Bijoux, Miniatures, Portraits et Armes.

481. Une tabatière en écaille, tressé.

482. Boîte à tabac en racines, doublée en vermeil.

483. Une sardoine, Mars et Vénus, gravé en creux, et l'empreinte en plâtre, dans un écrin.

484. Boîte longue en écaille, incrustations en argent et nacre, époque Louis XV.

485. Une tabatière en émail; sur le couvercle, berger jouant de la musette et sa bergère ; sur le tour, sujets divers; à l'intérieur, portrait de femme, très-belle qualité.

486. Une tabatière en coco, formée par un grotesque.

487. Une boîte; sur le couvercle et autour, bas-reliefs, scènes pastorales et chasses.

488. Boîte en coquillage nacré.

489. Petit bas-relief en ivoire dans une boite sertie en argent doré.

490. Petit coffret ancien en écaille, avec vingt-trois plaques en nacre finement gravées ; tous sujets différents, époque Louis XIV.

491. Boîte en agathe, monture en argent doré.

492. Une boîte à musique, en écaille.

493. Petit coffret ancien, en écaille, sur incrustations d'argent et d'or.

494. Charmante petite boîte en porcelaine de *Saxe*, sujets Watteau, doublée en vermeil.

495. Boîte en jade vert, sertie en or, écrin.

496. Bonbonnière forme écaille, avec figurines sculptées (Louis XV.)

497. Boîte oblongue, émail bleu décoré d'or en relief, avec médaillons de marines.

498. Boîte montée en argent, religieuse couchée sur la boîte ; ancienne porcelaine de *Saxe*.

499. Boîte en ancien laque de *Chine*.

500. Œuf ou boîte à mouches, en porcelaine de *Sèvres*, monté en or. — Aucune description ne pourrait donner une idée de l'élégance et de la beauté de ce rare et précieux bijou, digne des plus belles collections.

501. Boîte ovale en agathe rubannée, montée en or. Sur les faces extérieures se trouvent, en relief, des insectes en pierres dures.

502. Boîte en émail bleu à personnage.

503. Boîte en aventurine avec monture dorée.

504. Bonbonnière formée de deux coquilles.

505. Une montre à répétition en émail bleu de Lépine, entourée de perles fines des deux côtés, écrin en écaille.

506. Boîte Renaissance ovale en buis sculpté sur toutes ses faces.

507. Boîte en coquillage nacré.

508. Reliquaire en filigrane d'argent doré. Au milieu médaillon, d'un côté moine en prières, de l'autre la Sainte-Face.

509. Boîte en onyx, monture en argent doré.

510. Boîte en jaspe sanguin, monture en or. *Très-bel objet.*

511. Une boîte ronde en ivoire doublée d'écaille, sur le couvercle arlequinade en nacre sculptée.

512. Belle boîte en émail ancien à vignettes et personnage, riche décor rehaussé d'or.

513. Boîte en ivoire sculpté, jugement de Salomon, travail remarquable du XVIIe siècle.

514. Une tête de canne en cristal de roche.

515. Un crayon monté en or et mosaïque.

516. Flacon en coco sculpté monté en argent.

517. Superbe châtelaine à trois pendeloques en argent doré, avec pierres fines, émaillée, figurines en relief, XVIIe siècle.

518. Boîte ronde en porphyre noir, monture en or avec médaillon mosaïque, oiseau et serpent.

519. Croix en nacre gravée montée en filigrane d'argent. H. 16 cent.

520. Boîte chinoise pouvant servir de porte-cartes, en ivoire sculpté.

521. Une boîte en cuir bouilli, avec peintures, deux enfants.

522. Médaillons en nacre, portrait de femme dans un écrin.

523. Cachet en argent, surmonté d'un oiseau, renfermant un tire-bouchon.

524. Camée dur, monté en épingle, tête de femme.

525. Petit flacon en coco, parfaitement sculpté, col en argent.

526. Petite boîte en ivoire, contenant des petits sujets en talc.

527. Boîte en marbre rare, monture argent.

528. Un bijou ancien, en filigrane d'argent, avec pierres de diverses couleurs, au milieu, médaillon portrait de prince, en émail.

529. Une petite boîte en ivoire, avec portrait de femme en émail, époque Louis XIV.

530. Un petit Christ en argent.

531. Petite boîte en vieil émail cloisonné.

532. Tabatière en émail ancien. Chatte et ses petits, fleurs en relief, monture argent.

533. Une tête en cire, travail italien, XVIe siècle.

534. Pied ancien en ivoire dans un écrin Galuchat, monture en or.

535. Étui en nacre inscrusté d'or.

536. Étui en vernis Martin, avec amours, époque Louis XVI.

537. Émail ovale, portrait de jeune fille.

538. Un autre plus petit portrait de femme.

539. Un autre plus grand. Scène galante.

540. Médaille gothique en argent. Le Christ et la Vierge.

541. Camée dur non monté.

542. Triptique ancien à double face, d'un côté trois volets, au milieu la Vierge et l'enfant Jésus, premier volet saint Jean-Baptiste, deuxième volet Saint Pierre et Saint Paul, au revers la Sainte Face; premier volet, Saint Philippe; deuxième volet Saint Jacques, anciennes peintures

543. L'amour, miniature dans un écrin rouge.

544. Paysage sur plaque ovale en ivoire, boîte chinoise.

545. Plaque ovale en nacre sculptée et gravée, scène à onze personnages.

546. Cléopâtre émail, cadre noir.

547. Portrait d'homme, miniature, d'apr. Van Dyck.

548. Portrait polonais, dans un écrin, à la coiffure se trouvent trois fleurs de lys.

549. Portrait présumé de Van Artevelde, miniature cadre doré.

550. Portrait de femme, miniature cadre ébène.

551. Portrait de femme du temps de Henri IV, cadre cuivre ciselé.

552. La Vierge et l'Enfant Jésus peinture sur plaque de cuivre.

553. Saint Charles Borromée, portrait gravé sur cristal de roche, double face, cadre ébène.

554. Portrait de dame de la cour de Louis XIV, plaque cuivre.

555. Bas-relief en nacre découpé, sujets en ivoire.

556. Plaque ovale en nacre gravée, scène historique ; au bas est écrit N. Heylbrouck fecit, Gandavi.

557. Henriette de France, fille de Henri IV, femme de Charles Ier, miniature, cadre d'ébène.

558. Henriette d'Angleterre, femme de Monsieur, duc d'Orléans, frère de Louis XIV, miniature. Pendant du précédent.

559. Un combat de cavalerie sur nacre de perle. Beau travail d'un maître français.

560. Le doux regard de Collette, d'après Greuze, miniature.

561. Patriarche russe, petit cadre en cuivre repoussé. La tête et les mains de chaque personnage sont peintes.

562. Marie-Thérèse, miniature, cadre cuivre ciselé.

563. Souvenir de Jérusalem, nacre gravée, août 1633.

564. Médaillon en pierre de touche, 1569.

565. Notre-Dame De Atocha à Madrid, image miraculeuse du couvent de St-Dominique, 1023.

566. Sainte Famille, médaillon ovale en nacre gravée.

567. Portrait de paysanne cauchoise, miniature.

568. Scène galante gravée sur nacre de perles, médaillon ovale, cadre noir.

569. Médaillon à double face, d'un côté la Madeleine, de l'autre saint Joseph et l'Enfant-Jésus, monture en vermeil.

570. Mosaïque ancienne, le baiser, *grotesque*.

571. La religieuse, miniature.

572. Napoléon Ier, petite miniature.

573. La Cène, plaque ovale en ambre sculptée.

574. Couteau catalan à lame damasquinée, manche incrusté d'ivoire.

575. Un poignard turc, poignée et fourreau en argent et velours.

576. Un poignard mauresque, poignée et fourreau en argent repoussé.

577. Poignard corse avec manche en argent massif, fines ciselures, fourreau argent et cuir.

578. Poignard japonais, manche en jade, avec grenats.

579. Un poignard dit *Miséricorde*, poignée en acier ciselée, fourrreau garni argent, travail allemand du XVIe siècle.

580. Paire de pistolets à pierres, garnitures en cuivre, mascarons à la crosse.

581. Paire de pistolets à pierres, manufacture de Versailles. Boutet, 1er Empire.

582. Armure complète de chevalier, François Ier, XVIe siècle. Ed. Granger.

H. 35 cent.

583. Un bouclier représentant un combat.

584. Une magnifique épée, poignée très-riche en marcassite.

Tableaux et Gravures.

585. Une femme qui fume et un buveur, deux peintures genre flamand, cadre doré.

586. La Vierge à l'Enfant, miniature sur ivoire, cadre écaille et buis.

587. Jésus enfant, petite peinture sur cuivre, cadre doré.

588. Un portrait de sainte tenant l'Enfant-Jésus, cadre ovale.

589. Une Vierge, style byzantin, cadre noir.

590. Une sainte en costume religieux, peinture sur bois, cadre doré.

591. L'amour conjugal et la bonne mère, deux dessins à la plume de Melle Ridderbosch.

592. Le Christ couronné d'épines, peinture sur cuivre.

593. Mater dolorosa, pendant du précédent, peinture sur cuivre.

594. Vue d'un canal, clair de lune. — École de Van Der Neer.

595. Fleurs et fruits, peinture sur toile.

596. La peinture et la statuaire, deux très beaux dessins à la plume, de Melle Ridderbosch, 1793.

597. Deux petits tableaux de l'école flamande, pendants.

598. Intérieur, peinture sur bois, école flamande.

599. Deux tableaux sur bois, de Gillot, arlequinade et leçon de musique.

600. Deux paysages flamands, d'après Breughel-le-Vieux, faisant pendants.

601. La récolte du thé et la fabrication de la porcelaine, deux peintures chinoises, sur soie.

602. Effet de neige, tableaux sur toile, moderne.

603 Effet de neige et paysage avec moulin et route, deux tableaux sur toile, faisant pendants, de Malbranche, 1834.

604. Pêcheurs boulonnais, deux tableaux formant pendants, de Pingret.

605. Vierge aux enfants, peinture sur porcelaine de la manufacture de *Sèvres*.

606. La curieuse, d'après Greuze, miniature.

607. Guerrier romain, figure à mi-corps, miniature.

608. Jeune femme chinoise, miniature.

609. Vierge à l'Enfant dans un paysage, figures de Van Beelen, paysages de Breughel de velours.

610. Chinoise, époque Louis XV.

611. Moine lisant un manuscrit, peinture fine sur cuivre.

612. Esther devant Assuérus, tapisserie très-finement faite.

613. Quatre saisons, d'après Téniers, cadres dorés.

614. Deux dessins à la plume, formant pendants; portraits d'hommes, de mademoiselle Ridderbosch.

615. Deux paysages formant pendants, par Philippe Badelot.

616. Le coucher, gravure d'après Carle Vanloo, par Porporati.

617. Vue d'une chapelle et d'un paysage, dessin anglais.

618. La dévideuse et la liseuse, deux gravures de Wille.

619. Les soins maternels, gravure de Wolle père d'après Alexandre Wille.

620. Mort d'Atala, d'après le tableau de Girodet, gravure de Massart.

621. La conversation espagnole, la lecture espagnole, deux gravures de Beauvarlet, d'après Carle Vanloo.

622. Sainte Famille, gravure d'après le tableau original de Rubens.

623. La demande acceptée, gravure d'après Lepicier, par Berwic.

624. Portrait de Du Quesnoy, sculpteur, dessin de Broucshann, 1770.

625. La rêveuse, gravure d'un élève de Wille.

Bois sculpté et objets divers.

626. Un sceau ancien avec armes couronne et devise.

627. Voltaire et Rousseau, deux bustes en relief sur cuivre et en médaillons.

628. Un médaillon en fer au milieu un portrait de femme, la chevelure et le col sont formés par deux têtes de sanglier.

629. Une soucoupe en Craquelée.

630. Flacon en verre opaque de *Venise*, en forme de poudrière, camaïeu bleu.

631. Un petit pot en faïence vernissée, cep de vigne et raisins en relief.

632. Une lampe en bronze représentée par un monstre sur socle en marbre.

633. Magot et chimère en pierre de lare.

634. Un magot et une magotte en pierre de lare faisant pendants.

H. 36 cent.

635. Un taureau en bronze sur son dos un joueur de flûte, brûle-parfums, japonais.

636. Une tortue en bronze tonquin.

637. Lampe ancienne en marbre. L'anse est formée par un serpent, sur le couvercle un mufle d'animal fantastique.

638. Un cachet en bronze : Squelette de chevalier casque et cimier en tête, au bas la croix de Malte.

639. Un petit gobelet en bronze avec inscriptions.

640. Un baguier en marbre veiné vert.

641. Buste en bas relief sur marbre, cadre en cuivre avec nœud de ruban aussi en cuivre.

642. Fénélon et Buffon, deux bas-reliefs, médaillons sertis en cuivre.

643. Grand coco sculpté par les sauvages.

644. Très-belle râpe à tabac en bois sculpté : le jugement de Salomon, dans le haut deux amours tiennent un cartouche.

645. Trois cocos sculptés.

646. Casse-noisette, figurine grotesque en buis sculpté. Travail allemand du XVIe siècle.

647. Deux bustes sur piedouche, Héraclite et Démocrite.

648. Coco sculpté formant gourde, chasse au cerf.

649. Dames de jeu de tric-trac, dans un écrin doublé de velours, buis et ébène, inscriptions, devises et personnages sur les deux faces.

650 Casse-noisette, en bois colorié. — *Grotesque.*

651. Christ détaché de la croix, belle statuette mi-couchée sur table bois noir.

652. Coco monté en forme de calice, trois médaillons d'oiseaux, attributs de chasse et de musique.

653. Dyptique bysantin, en bois de cèdre, découpé et sculpté à jour. — *Pièce remarquable ayant appartenu au pape Pie VI.*

654. Grand casse-noisette, surmonté d'une figure de mendiant tenant son chapeau à la main et appuyé sur un bâton. — *Provenant de la vente Pourtalès.*

655. Coco de forme ovoïde sur pied, représentant un poisson, sur la panse arlequinade et scènes de la comédie italienne ; fine sculpture de feuilles et fleurs.

656. Un magot en racines de bambou.

657. Un lot de cadres en bois découpé.

658. Les changeurs, bas-relief en poirier sculpté, cadre ébène. Travail de la fin du XVe siècle.

659. Deux bas-relief en marbre blanc ; cadre cuivre et bois. Groupe d'enfants.

660. Une très-jolie statuette de Jésus enfant, tenant une croix à la main, le pied sur une tête de mort, sur piédouche en bois noir.

H. 20 cent.

661. Un plat en étain, de *Briot*, aux armoiries des cantons de la Suisse.

662. Paysan et paysanne, en mosaïque de Florence, faisant pendants.

663. Lutte musicale entre Apollon et le dieu Pan, plaque en cuivre repoussé dans un cadre en chêne.

664. Un plat en étain de *Briot;* au centre et sur les bords, scènes tirées de la Genèse; Adam et Ève.

665. Un plat en étain de *Briot;* au centre, Résurrection de Notre-Seigneur; sur les bords, sept médaillons armoiriés; les Electeurs de l'Empire.

666. Pot en étain avec couvercle, vulgairement appelé pinte. Sujets dans quatre médaillons autour du pot : Création d'Éve. Défense faite à nos premiers parents de toucher au fruit de l'arbre de la science du bien et du mal. Désobéissance. Adam et Ève chassés du paradis. Sur le couvercle : Sacrifice de Noë au sortir de l'arche. Travail allemand du XVIe siècle.

667. Autre pot en étain, même travail que le précédent et scènes du même genre. Guirlande autour du couvercle à bouton.

668. Saint Ignace présentant les statuts de son ordre à la Vierge et à l'Enfant-Jésus, basrelief.

669. Groupe en bois sculpté, saint Michel terrassant le démon.

H. 23 cent.

670. Le baiser, double buste d'homme et de femme, en bronze monté en piédouche, marbre et cuivre, sous l'un est écrit *Encore*, sous l'autre *Bécaux*.

671. Paysage très-légèrement gravé dans de la dorure appliquée sur verre, et dans lequel se trouvent les silhouettes du roi Louis XVI et de sa famille.

672. Une statuette en bronze, Sainte Vierge.

673. Deux flambeaux en cuivre ciselé.

674. Une série de poids en cuivre ciselé.

675. Nappe de 2^{m} 15 de long sur 1^{m} 50 de large, rappelant la bataille de Fontenoy, avec cette inscription : *Louis XV, roi de France et de Navarre*, écussons écartelés aux armes de France et du Dauphin, la ville de Tournai, semis de fleurs de lys.

676. Album chinois de dessins sur soie, sur papier et en broderies, etc., oiseaux avec leurs plumes, etc. *Très-rare.*

677. Nantile en nacre gravé au burin par le célèbre Bellekin ; sur l'une des faces, des fleurs ; sur l'autre, Neptune dans un char attelé de trois chevaux-marins.

768. Deux enfants en bronze tenant des coupes avec couvercles, sur piédouche marbre blanc.

679. Glace de Venise ovale montée sur cadre en bronze doré, surmonté d'un amour.

680. Quatre grands dessins chinois sur soie.

681. Album de Broderies en soie, sur papier sans envers; sujets religieux; ce lot sera divisé.

682. Album de dessins chinois sur papier de riz.

683. Un lot de personnages chinois sur papier de riz.

684. Deux magots et un Chinois servant de serre-papiers.

685. Miroir chinois avec oiseaux et feuillages en relief.

686. Le Dante, Le Tasse, L'Arioste et Pétrarque, quatre bustes en marbre sur piédouche aussi en marbre.

687. Un store chinois, avec personnages et paysages.

688. Six sujets chinois peints sur des feuilles de lilas de *Chine* gommées (fleurs et personnages), de la vente de Mlle Rachel.

689. Peintures indiennes sur feuilles de talc, représentant diverses classes d'hommes et femmes de l'Hindoustan; soixante-quatre pièces en six parties de quatre à six pouces de haut. Étui en maroquin.

690. Très-bel écran chinois, manche en ivoire sculpté (41 cent.); sur un côté, personnages chinois, figures en ivoire peint, médaillons de fleurs; de l'autre côté, deux oiseaux avec plumes et ornements de fleurs en plumes.

691. Un éventail en bois de *Sandal*, découpé à jours, dans un étui avec décor chinois.

692. Très-bel éventail en ivoire sculpté et découpé à jours, sur les deux faces, grand nombre de personnages.

693. Eventail chinois en plumes avec peintures de fleurs et d'oiseaux d'un très-beau coloris, belle conservation.

694. Un éventail français, à paillettes et miroir-médaillon au centre.

695. Deux petits écrins à main, peintures et broderies sur soie.

696. Un rouleau de 2 m. 40 de papier peint chinois, armées et guerriers chinois.

697. Couteau de Rabbin pour la Circoncision, monture en argent.

698. Un sac en velours avec galons et glands dorés.

699. Repentir de St-Pierre; tapisserie très-fine à l'aiguille.

700. Deux cadres en chêne sculpté.

Verres de Venise et d'Allemagne et Verres gravés.

701. Deux petits vases en verre de *Venise*, Laticinio.

702. Un hanap de *Venise* avec anse en verre opaque, à panse renflée, Laticinio.

703. Coupe en *Venise*, vieux, sur socle en bois noir.

704. Deux pots en *Bohême*, avec anneaux au col.

705. Un vase forme seau, avec anse mobile, à godrons émaillés. — Très-ancien.

706. Verre à boire en *Bohême*, émaillé, portant cette inscription : *A toi, ma maîtresse*.

707. Deux coupes en *Venise*, à anses. — Rares.

708. Cinq verres *Bohême* ancien, gravé (verres à bière).

709. Deux verres à pied, *Bohême* gravé.

710. Verre à pied, gravé.

711. Verre à pied en cristal taillé, forme calice.

712. Thermomètre ancien en vieux *Venise*, guirlandes et godrons.

713. Un verre dit chope en *Venise*, Laticinio, à la bordure et au pied un cercle intérieur en opaque vert. — Très-rare.

714. Verre avec couvercle en *Bohême* ancien, au centre un écusson ducal avec un cheval ailé gravé, portant sur l'autre face une inscription gravée et la date 1698.

715. Grand verre en *Bohême* taillé à damiers.
716. Pot en *Bohême* avec anse gravée, fleurs et feuillages.
717. Un verre opaque de *Bohême* à pieds, genre mosaïque. — Rare.
718. Deux burettes Louis XV en verre bleu.
719. Deux petites burettes en vieux *Venise* à filets opaques.
720. Hanap en *Bohême* émaillé à godrons, au centre un blason.
721. Verre à boire en *Bohême* émaillé, avec cette inscription : 1728.
722. Petite coupe, forme vase, à anse, *Venise* du XVIe siècle.
723. Verre à boire, les douze apôtres gravés sur le tour.
724. Deux corbeilles en *Bohême*.
725. Verre en *Venise*, forme de botte.
726. Verre à pied, forme calice *Bohême* gravé, Amor vincit omnia.
727. Très-belle coupe godronnée, à pied, taillée à facettes, rare de forme.
728. Verre droit gravé, avec le blason royal anglais et la devise : Je maintiendrai, support de lions couronnés.
729. Petit hanap en *Venise* ancien gravé, une chasse; *légèrement étoilé*
730. Petite burette venant de la vente du Prince Soltykoff, en verre de *Venise*; panse à tubercules et ornements bleus.

731. Verre droit, mousseline de *Bohême*.

732. Verre à Bordeaux, *Venise* ancien, à godrons.

733. Hanap droit à une anse (verre de *Bohême*). Sur la partie antérieure est gravé un navire à trois mâts ; le restant taillé à facettes. Couvercle en étain orné d'un petit bas-relief, d'un fini précieux représentant une femme nue prête à se mettre au bain ; derrière elle, un homme s'amuse à compter les bulles de gaz d'invention ancienne, qu'il allume avec une lampe qu'il tient à la main. Une servante verse de l'eau dans le bain.

734. Verre à pied, commémoratif de mort ; dans le pied, des larmes simulées ; sur le tour, un intérieur avec inscription sur le bord.

735. Très-joli verre à pied avec couvercle, en *Bohême*, gravé avec rehauts d'or : deux personnages d'une grande finesse d'exécution.

736. Verre à boire, à côtes, taillé et gravé.

737. Verre à pied, forme calice, *Bohême* gravé et taillé.

738. Chope en *Bohême* gravé.

739. Petite coupe à quatre pieds émaillés, reliés entre eux. *Bohême* bizarre.

740. Grand verre dit *chope*, *Bohême* gravé.

741. Verre de *Venise* ; le pied est formé d'ailerons de serpents enlacés.

742. Deux burettes en verre bleu, monture en cuivre, style Renaissance.

743. Salière et poivrière en cristal taillé, monture en vermeil, Louis XIV.

744. Vase ayant la forme d'une femme dont les bras (aux ornements bleus) forment les anses et le goulot évasé la tête. — Ce curieux verre de *Venise* provient de la vente du prince Soltykoff.

H. 20 cent.

745. Six verres à pieds droits avec filigranes intérieurs.

746. Beau verre droit et cylindrique; dans des niches, entre des colonnes de diverses couleurs, sont les portraits des douze apôtres. Ornements de diverses couleurs. Dans l'une des parties, un monogramme signé : *Anna Gubels zu Coln. 5 juin 1653.* Provenant de la collection du chevalier de Knyff.

747. Sucrier à anses, et à panse côtelée, couvercle à forme de double couronne.

748. Verre cylindrique à couvercle en *Bohême* émaillé, avec inscription allemande et la date de 1717.

749. Verre à haut pied, forme calice, avec couvercle en verre de *Bohême*, taillé à facettes et gravé, au milieu un écusson de chasseur.

750. Verre de *venise* à pied, à ailerons.

751. Verre gravé, vieux *Bohême* à couvercle, oiseaux et fleurs.

752. Joli verre à pied, en *Bohême* gravé, portant au centre un médaillon allégorique doré tout autour cabochons à facettes en verres de couleur.

753. Verre gravé à couvercle, en *Bohême*, portant au centre un écusson.

754. Deux bouteilles à anses doubles, en verre *hollandais*.

755. Verre gravé en *Bohême*, à couvercle, forme calice, armoiries de marquis, 1714; au revers, la paix et la justice avec suscription.

756. Grand verre, *Bohême* ancien taillé à facettes.

757. Verre forme calice, à pied godronné. La vignette représente une bacchanale d'amours.

758. Vidrecome, *Bohême* ancien, gravé et taillé.

759. Charmante coupe à ailerons en *Bohême*. Le couvercle est également à ailerons formant une couronne surmontée d'un coq.

760. Verre forme calice à couvercle, taillé à facettes et gravé. Écussons des sept électeurs.

761. Salière en *Bohême*, Louis XV.

762. Magnifique verre, *Bohême* ancien, à couvercle, gravé, époque Louis XV.

763. Grand verre à pied, forme évasée. Légère fêlure.

764. Deux bouteilles à liqueurs en verre *hollandais*, coloré.

765. Grand verre, forme flûte, *Bohême* gravé; style rocaille, finesse remarquable.

766. Grand verre, forme calice, à couvercle, *Bohême* ancien. — Au centre les écussons des sept électeurs, support, un héros d'armes.

H. 57 cent.

767. Verre de *Venise* à ailerons, émaillés en bleu et à filigranes intérieurs. En gravure : le *monogramme du Christ.*

768. Très-belle coupe, à couvercle en verre de *Venise*, d'une extrême légèreté. Le pied est formé par une spirale ailée, émaillée en bleu. Le couvercle reproduit le même motif, surmonté d'une tourterelle. D'une très-belle conservation.

H. 47 cent.

769. Grand vidrecome cylindrique à couvercle. Une cavalcade; chevaliers allemands de la fin du XVIe siècle.

H. 56 cent.

770. Deux grands verres, forme coupe *Bohême* gravé, pieds avec oiseaux.

771. Deux grands verres, forme flûte, en *Bohême* gravé, pieds unis.

772. Vidrecome à pied et à couvercle; au milieu, armoiries avec cette date : *1563.*

773. Une pendule en verre de forme très-originale.

Lille, imp. Horemans.

RED. :

19

www.ingramcontent.com/pod-product-compliance
Ingram Content Group UK Ltd.
Pitfield, Milton Keynes, MK11 3LW, UK
UKHW022049170726
13837UKWH00002B/860

9 782329 25831